Julie Andrews Edwards
et Emma Walton Hamilton

# Le Cadeau de Siméon

Illustré par Gennady Spirin

Adaptation française de Cécile Giroldi

Gautier-Languereau

Publié pour la première fois en 2003 par HarperCollins Publishers, USA,
sous le titre *Simeon's Gift*.



ISBN : 2013929331

Dépôt légal n° 48838 – Novembre 2004 – Édition 01

Loi n° 49-956 du 16 juillet 1949
sur les publications destinées à la jeunesse

Imprimé en Italie

Ce livre est dédié à nos pères

*J.A.E* et *E.W.H*

À mes enfants, Ilya, Gennady, et Andreï

*G.S.*

Il y a fort longtemps, à une époque où la terre était couverte de châteaux et de monastères, où des chevaliers pleins de bravoure accomplissaient des exploits, où les femmes tissaient de superbes tapisseries et où les ménestrels jouaient pour les pauvres gens comme pour les princes, vivait un humble joueur de luth du nom de Siméon. Bien qu'il fût sans instruction et sans le sou, c'était un jeune homme doux, qui aimait la nature et nourrissait une véritable passion pour la musique.

Il passait ses journées à jouer de son instrument et à interpréter des chansons populaires pour la plus grande joie des villageois. Il aimait une belle jeune fille, de noble lignée, appelée Béatrice et était aimé d'elle. Cependant, il se sentait indigne de son amour. Il aspirait, en effet, à lui offrir une vie pleine d'aisance, mais son statut peu élevé dans la société et la simplicité de son art le vouaient à une existence des plus misérables.

Siméon décida que la seule façon d'améliorer sa condition était de voyager de par le monde. En entendant de nouveaux sons, de nouveaux rythmes et de nouvelles voix, il serait capable de donner libre cours à la musique qu'il sentait confusément en lui. Peut-être parviendrait-il alors à chanter autre chose que les chansons d'autrui… Peut-être pourrait-il à son tour composer des chansons que les autres chanteraient ?

Le cœur lourd, il fit ses adieux à sa chère Béatrice, lui promettant de revenir avec des cadeaux dignes de son amour indéfectible et de sa patience. Il se mit en route, emportant avec lui son précieux luth. Il marcha des jours entiers, parcourant des dizaines de kilomètres. Il se sentait souvent seul et avait le mal du pays, mais trouvait du réconfort dans le chant des oiseaux, dans le chuchotement des arbres et le clapotis de la rivière voisine. Et lorsque le sommeil s'emparait de lui, il dormait à la belle étoile.

Un matin, il fut réveillé par le son lointain d'un tambour. Intrigué, il se précipita dans cette direction d'un pas rapide, rythmé par les battements insistants. Il tomba sur un campement de soldats en manœuvres. Ces derniers l'accueillirent et il passa ainsi plusieurs jours en leur compagnie, à écouter les roulements puissants des tambours, ressentant leur effet dynamisant. Il assimila ces nouveaux rythmes, mais malgré l'énergie nouvelle qu'ils insufflaient à ses chansons, il sentit qu'il lui restait encore beaucoup à apprendre. Lorsque les soldats s'en allèrent, Siméon retourna au bord de la rivière.

BAM·BAM

Chemin faisant, il rencontra des moines qui l'invitèrent avec bienveillance à se joindre à eux pour souper dans leur abbaye. Les remerciant de leur hospitalité, Siméon s'agenouilla à leurs côtés pour la prière du soir, et lorsque, durant l'office, leurs voix retentirent, il fut saisi d'extase. Leur chant le transporta et, pendant un moment, il se sentit à l'unisson avec la création tout entière. Les jours suivants, il tenta d'introduire ces nouvelles tonalités dans ses chansons, mais il comprit que même si elles apportaient une coloration nouvelle à ses compositions, il devait continuer ses recherches et donc son voyage.

Retrouvant la rivière, Siméon aperçut dans le lointain une belle cité fortifiée, dont les flèches et les tourelles scintillaient dans la lumière du matin. Il hésita, sachant que dans la direction opposée se trouvaient sa maison et sa fidèle Béatrice. Il eut le cœur brisé en pensant à elle, mais le murmure mélodieux de la rivière lui rappela que la tâche qu'il s'était fixée était loin d'être accomplie. Avec un soupir, il se dirigea vers la cité.

La route était encombrée par un flot d'ouvriers, de marchands, de fermiers et de pêcheurs qui se rendaient dans la cité ou en revenaient. Cheminant à côté d'un jeune poète, Siméon en l'entendant parler s'émerveilla de l'adresse avec laquelle il savait faire naître des images et exprimer des sentiments puissants. Il réfléchit à l'usage des mots dans ses chansons. Ces derniers ayant maintenant acquis une importance nouvelle, Siméon n'en ressentait que davantage le besoin de s'instruire.

Une véritable cacophonie régnait dans la cité ! Les sabots des chevaux claquaient sur les pavés ronds, les charrettes faisaient un bruit de ferraille, les voix des habitants retentissaient de fenêtre en fenêtre. Les cloches de la cathédrale se mirent soudain à sonner à toute volée, et lorsque Siméon poussa les portes imposantes de cet édifice, les grandes orgues retentirent. Le son des trompettes annonçant l'arrivée de l'évêque emplit l'air.

Siméon flâna dans la ville des journées entières. La musique semblait être partout. Il entendit et vit des instruments ne ressemblant à aucun de ceux qu'il connaissait, toutes sortes de flûtes et de violes. Tous l'attiraient. Désireux d'apprendre, il cherchait à assimiler le plus de choses possible, essayant ceci, s'imprégnant de cela, mais les rythmes, les harmonies, les mots et les vibrations se mélangeaient tellement dans son esprit qu'il ne parvenait plus à les différencier. Plus il faisait d'efforts pour les mémoriser, plus il se sentait déconcerté.

Submergé par la musique et incapable de mettre de l'ordre dans le tintamarre qui résonnait dans sa tête, il commença à désespérer. Il sentit qu'il n'avait rien appris... qu'il ne savait rien. Comparées à tout ce qu'il avait vu, à la musique et à la poésie sublimes qu'il avait entendues, ses tentatives de composer des chansons lui semblaient futiles et insignifiantes. Las de tout, il pensa que même la musique qu'il aimait tant l'avait abandonné.

« Je me suis égaré. Je n'ai rien à offrir. Il ne me reste que mon luth, et il ne m'est plus guère utile à présent », se dit-il.

Bien que n'ayant aucun des cadeaux promis, il éprouva soudain le désir de revoir sa chère Béatrice et de la serrer contre son cœur.

Naviguer sur la rivière était le moyen le plus rapide de rentrer chez lui. Il se résolut donc à troquer son précieux luth contre une vieille embarcation, quelques fruits et légumes et une poignée de grains. Avec un morceau de bois, il confectionna un mât, utilisa l'étoffe rouge dans laquelle se trouvaient ses provisions en guise de voile, puis se mit à descendre le cours de la rivière.

Sans son luth, sans musique, le voyage s'annonçait long et solitaire.

Un après-midi, alors qu'il se préparait un frugal repas, un oiseau au plumage multicolore se posa sur le mât de son bateau. L'oiseau inclinait sa tête, dévorant des yeux le repas de Siméon.

« Je n'ai pas grand-chose à t'offrir, lui dit ce dernier. Mais j'ai un petit appétit, tu es donc invité à partager mon repas. » Sur ces mots, il éparpilla une poignée de grains au fond de l'embarcation, l'oiseau quitta le mât et les picora tous jusqu'au dernier.

À la grande surprise de Siméon, l'oiseau le suivit lorsqu'il se remit en route. Chaque jour, il s'attendait à le voir partir, mais l'oiseau restait à ses côtés. Siméon lui était reconnaissant de sa compagnie et se laissait bercer par son chant. La confusion qui régnait dans son esprit commença à se dissiper.

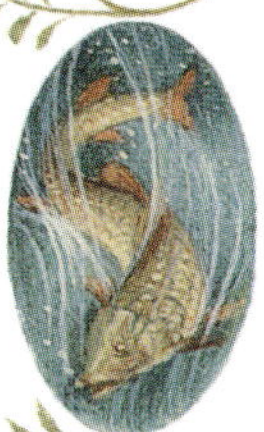

Les jours passèrent. Un matin, Siméon perçut une note différente dans les trilles de l'oiseau... une note qui résonnait comme un avertissement. Il vit des hommes pêchant sur la rive. Ils venaient juste d'attraper un merveilleux poisson rose et doré, le plus beau que Siméon eût jamais vu. Le cœur du jeune homme se serra à la pensée du triste sort qui lui était réservé.

« Mes bons messieurs, j'ai avec moi des légumes et des fruits exquis. J'aimerais bien les échanger contre ce superbe poisson », leur dit-il en arrivant à leur hauteur.

Les pêcheurs furent ravis de sa proposition. La rivière regorgeait de poissons, alors que les légumes et les fruits étaient une denrée rare dans la région. L'affaire fut donc conclue.

Siméon reprit sa route, relâchant la créature aux écailles miroitantes. Tout à sa joie, le poisson se mit à virevolter dans l'eau, tandis que l'oiseau volait au-dessus de lui en gazouillant de bonheur. Puis, comme par miracle, à l'instar de l'oiseau, le poisson suivit de près l'embarcation.

Réconforté par ses deux compagnons, Siméon se sentit beaucoup plus gai. Il prêta l'oreille au chant joyeux de l'oiseau perché sur le mât, ainsi qu'au clapotis de l'eau agitée par la danse du poisson. Petit à petit, leur musique parvint à lui faire oublier sa tristesse.

Charmé par les sons mélodieux de ses compagnons de voyage, Siméon coupa un morceau d'un roseau robuste qui poussait sur la rive et entreprit de fabriquer une flûte. Chaque jour, alors qu'il sculptait et taillait cette dernière, une étonnante musique naissait dans son esprit. Chaque soir, les rossignols, les grillons, les hiboux et les grenouilles lui inspiraient des harmonies qui l'envahissaient peu à peu, tout comme les nappes de brouillard se répandent au-dessus de la rivière au crépuscule.

Un matin, un superbe faon apparut au milieu des arbres. Il se dirigea en clopinant vers la rivière comme s'il était blessé. Quand Siméon s'approcha de lui, il s'enfuit, mais l'oiseau le héla en lançant un trille plein d'émotion. Au bout d'un moment, le faon retourna près de la rivière et laissa Siméon examiner son minuscule sabot.

S'adressant à lui avec douceur, le jeune homme ôta le caillou qui le meurtrissait, tout en lui parlant de son voyage, de ses nouveaux amis et de son désir chaque jour plus fort de revoir sa chère Béatrice.

Sa hâte augmentant, Siméon s'empressa de quitter le rivage en hissant très haut la voile de son bateau. Il constata avec étonnement et ravissement que, sur la rive, le faon le suivait, réglant son allure sur celle de l'embarcation, le claquement de ses sabots délicats faisant écho au thème musical qui retentissait dans la tête de Siméon.

C'est ainsi que l'oiseau, le poisson, le faon et le jeune homme à la flûte naviguant à bord d'un bateau à la voile rouge voyagèrent ensemble…

Au bout de plusieurs jours, ils arrivèrent en vue du village de Siméon.

L'annonce de sa venue se répandit très vite. Béatrice se précipita à sa rencontre et se retrouva enfin dans ses bras. Ils restèrent longtemps à s'étreindre et à s'embrasser, riant et pleurant tout à la fois.

Enfin, Siméon présenta ses trois compagnons à sa bien-aimée.

« Oh, Siméon ! Quels merveilleux présents tu m'as apportés ! s'exclama Béatrice. Un oiseau qui nous bercera de son chant, un poisson qui nagera dans notre rivière et un superbe faon qui restera auprès de moi et posera sa tête sur mes genoux lorsque je rêverai tout éveillée. Mais sache que le plus beau cadeau, c'est ton retour et le fait que nous soyons à nouveau réunis ! »

Rempli de joie, Siméon entendit soudain résonner dans son intégralité la chanson qui lui était venue à l'esprit pendant son voyage. Il s'empara de sa flûte, et toute la musique qui l'habitait depuis si longtemps se transforma en une mélodie parfaite. Lorsqu'il eut fini, le ravissement qu'il lut sur le visage de Béatrice lui indiqua qu'il n'aurait pu lui faire de plus superbe cadeau.

Les années passant, Siméon composa d'autres chansons et devint célèbre dans la région. Tout au long de sa vie, qui fut vraiment très longue, il n'oublia jamais la leçon qu'il avait apprise lorsqu'il n'était qu'un musicien débutant, à savoir qu'un homme courageux et au cœur pur finit toujours par trouver sa voie, s'il croit aux merveilles du monde et à l'amour.